# MARCELLA TIGERT DURCH BERLIN

Herausgegeben von
**Magdalena M. Moeller**

Text **Anne Funck**

Illustration **Philip Loersch**

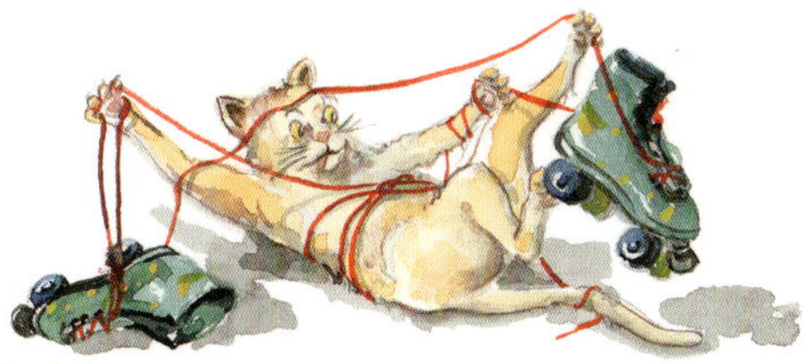

KLINKHARDT
& BIERMANN

Ich bin Marcella. Ich sitze mit meiner Katze auf dem Sofa und muss still halten. Das ist nicht einfach, nein, wirklich nicht einfach, aber: Es lohnt sich.

✳

Vor mir steht Ernst Ludwig, er ist Maler. Er malt uns beide, immer wieder taucht er seinen Pinsel in die Farbe und setzt dann lange Schwünge auf sein Bild. Mit meinem Kleid ist er fast fertig, die gelbschwarzen Ringel leuchten wie ein Tigerfell am Tag, wenn es in der Sonne schimmert. Meine Strümpfe sind auch gestreift, aber nicht hell, sondern dunkel – blauschwarz wie das Fell eines Tigers, der durch die Nacht schleicht. Und meine roten Pantoffeln? Mit ihnen gehe ich so leise wie auf Samtpfoten.

✳

»Fertig!«, ruft Ernst Ludwig.

»Wie, wo, was ist fertig?«, fragt Marcella.

»Das Bild ist fertig«, sagt Ernst Ludwig und legt den Pinsel zur Seite, »nur noch ein bisschen nass, aber das trocknet. Willst du es dir mal ansehen?«.

»Oh ja, gern!«, erwidert Marcella und will vom Sofa aufspringen, aber so einfach fällt ihr das Aufstehen nicht. Unendlich lang hatte sie Arme und Beine angewinkelt, während Ernst Ludwig sie und die Katze gemalt hat. Und jetzt fühlt sich ihr Körper ganz starr an. Die Katze ist längst eingeschlafen. Sie schnurrt so laut, dass ihr Fell vibriert. Vorsichtig weckt Marcella das Tierchen auf. »Katze, komm, das Bild ist fertig, wir können es uns ansehen.«

»An was hast du denn die ganze Zeit gedacht?«, fragt Ernst Ludwig Marcella, als sie gemeinsam das Bild betrachten. »Du siehst so nachdenklich aus?«

»Ich habe geträumt, wie es wäre, in meinem Kleid durch den Zoo zu spazieren. Vorbei an den Zebras, Tigern, Löwen und Giraffen – was glaubst du, würden all die Tiere tun, wenn ich so bei ihnen aufkreuze?«

»Ja, wozu haben wir in Berlin denn einen Zoo?«, erwidert Ernst Ludwig. »Kommt mit, das probieren wir doch gleich mal aus!«

Marcella freut sich. Sie packt ihren roten Flitzeroller und setzt ihren kleinen Freund vorne drauf. Wie ein Glücksbringer, ein Maskottchen, hält sich die Katze fest und trotzt dem Fahrtwind, sobald das Mädchen so richtig Gas gibt. Um möglichst schnell vor dem Elefantentor zu stehen, das Marcella, der Katze und Ernst Ludwig Einlass gewährt.

✳

1899 • Tierisch gut

Das Elefantentor mit zwei Elefanten aus Stein ist das Wahrzeichen des Berliner Zoos. Wer lieber Löwen mag, nimmt den Eingang durch das Löwentor auf der anderen Seite des Zoos.

1280 • Echt bärig

Siehst du den Bären, der auf den Hinterpfoten steht und die Krallen zeigt? So einen Bären hat Berlin in seinem Stadtwappen.

BOBBY

# KARNEVAL DER TIERE

### 1841 • Geschenkt ist geschenkt

Bären, Lamas, Kängurus und Affen gehörten zu den ersten Bewohnern des Zoos. Sie waren ein Geschenk von König Friedrich Wilhelm IV., der über 850 Tierarten auf seiner Pfaueninsel gesammelt hatte.

### Ab 1872 • Ein Haus voller Tiere

Auch der russische Zar, der Prinz von Wales und ein algerischer General schenkten dem Zoo allerhand exotische Tiere. Für sie wurden eigens Häuser errichtet, die an ihr Herkunftsland erinnern. Heute stehen davon noch ein indischer Tempel, eine maurische Moschee und eine nordische Holzhütte.

### 1928 • Erste Klasse

Bobby, der Gorilla, reiste im Zugabteil erster Klasse nach Berlin. Damals wog er noch 16 Kilogramm, später sollte er es auf 262 Kilogramm bringen.
Er wurde zum Wahrzeichen des Berliner Zoos. Auf der Eintrittskarte zum Zoo ist ein Foto abgedruckt.
Welche Affenart ist dort wohl zu sehen?

### 2006 • Knut, der kleine Eisbär

Der beliebteste Bär im Berliner Zoo war Knut, der kleine Eisbär. Für ihn wurde ein Denkmal aus Bronze aufgestellt: Knut, der Träumer, neben dem Eisbärengehege – findest du ihn?

Die Tiere sind außer Rand und Band, als Marcella an ihnen vorbeispaziert. Die Affen brüllen, die Vögel kreischen, die Pinguine biegen sich vor Lachen. Und die Zebras laden sie gleich zu einem kleinen Ritt ein. »Schaut mal, ich bin eine Artistin«, ruft Marcella und macht einen Handstand, bevor sie bäuchlings auf dem Rücken des Zebras posiert.
Mulmig zumute wird ihr erst, als sie auf das Raubtierhaus zusteuern. Wie werden die Tiger auf sie reagieren? Ganz sachte nähert sie sich auf leisen Sohlen dem Außengehege und späht durch den Zaun. Die Katze zieht auf einmal den Schwanz ein. »Da sind sie, es sind gleich drei«, raunt sie Marcella zu, »dahinten, sie räkeln sich in der Sonne«. Einer der Tiger beobachtet sie bereits aus dem Augenwinkel, erhebt sich und schreitet auf sie zu. Marcella verharrt und sieht ihm in seine grüngelben Katzenaugen. Er knurrt sanft, hebt seine Pfote wie zum Gruß und geht gemächlich, in weitem Bogen wieder zurück zu seinen Kollegen. Marcella hat Glück. Sie ist akzeptiert.

✶

## Es kommt ein Schiff geladen

Siehst du die kleine Plakette neben dem Eingang des Kaufhauses? Hier ist ein Segelschiff drauf, eine sogenannte Kogge. Damit segelten früher die Kaufleute um die Welt. Von ihren Fahrten brachten sie kostbare Waren mit, wie wir sie im KaDeWe heute noch finden. Deshalb ist die Kogge auch das Wahrzeichen dieses Kaufhauses.

✶

Als Marcella, die Katze und Ernst Ludwig den Zoo verlassen, glühen dem Mädchen die Backen. Sie sind so feuerrot wie ihr Flitzeroller, den sie jetzt losbindet. »Bis bald«, verabschiedet sich Marcella von Ernst Ludwig, die Katze hüpft auf ihren Platz. Links, rechts, links, hoch und runter geht's dahin im Sausewind, rüber über einen Zebrastreifen, und schon stehen sie ein paar Straßen weiter vor dem Kiosk am Wittenbergplatz. »Gummibären, Lakritzschlangen oder Bärendreck?«, schlägt der Verkäufer vor. »Nein, ich will süße weiße Mäuse«, ruft die Katze.
»Siehst du die vielen Tauben da drüben auf dem Dach?«, fragt sie ein wenig später. »Das ist das KaDeWe«, liest Marcella die Leuchtbuchstaben vor, »auch unten im Haus geht's zu wie im Taubenschlag. So viele Leute gehen rein und raus. Wollen wir mal schauen, was es da gibt?«.

## 1907 • Im Westen was Neues

Warum heißt das KaDeWe ausgeschrieben »Kaufhaus des Westens«? Na ganz einfach: »Kaufhaus« deshalb, weil das neue KaDeWe schicker war als ein »Warenhaus«, in dem Billigzeug verkauft wurde. Und warum »Westen«? Weil damals, als es gebaut wurde, die Stadt erweitert wurde. In welche Himmelsrichtung – sagst du's mir?

KaDeWe
BINSK

KAUFHAUS DES WESTENS
POLO
KaDeWe

# DAS ZAUBERHAUS

»Ist das aber groß!«, sagt die Katze, als sie in der Eingangshalle stehen und über den roten Teppich laufen. »Hier glitzert alles«, stellt Marcella fest und kommt aus dem Staunen nicht mehr raus. Um sie herum funkelt es, allerhand Verkaufsstände bieten ihre Waren feil: Cremes und Parfums in kristallenen Flakons, silberne Uhren und goldenen Schmuck. Sie stehen im größten Kaufhaus weit und breit. Nach oben erstreckt es sich über viele Etagen. »Schau mal«, ruft Marcella und blickt in eine der polierten Glasvitrinen, »das sind ja wir?«. »Wir stehen in einem Zauberhaus«, sagt die Katze und deutet auf ihr Spiegelbild, »egal, wohin wir uns bewegen, wir werden verdoppelt«. »Na ja, andere Sachen gibt es gleich zehnfach, wie die Handtaschen da drüben!« Die Katze gibt Marcella die Pfote, und sie fahren die Rolltreppen hinauf, Stockwerk für Stockwerk bis hoch zur Glaskuppel. »Ich denke, hier finden auch die Pinguine ihren Frack«, sagt Marcella, als sie an den Abendkleidern vorbeifahren, hinauf zur Feinschmeckerabteilung. »Und hier kaufen sich die Meerjungfrauen ihren Fischschwanz«, gibt die Katze zurück. Als sie zwischen den Schuhregalen umherstreifen und die Katze gerade vogelwilde Schnabelschuhe probiert, ruft Marcella plötzlich: »Stopp, da drüben, da stehen Rollschuhe, glaubst du, die passen mir?«

### Rund um die Uhr

Als das Kaufhaus gebaut wurde, hing über dem Eingang eine riesige Uhr. Allein das Zifferblatt hatte drei Meter Durchmesser. Zu bestimmten Zeiten fuhr von der einen zur anderen Seite eine bronzene Kogge mit voll aufgeblähten Segeln. Was sie damals wohl aus der Welt mitbrachte? Tausend Kostbarkeiten: Seidenstoffe für Kleider, Goldbrokate für Kissen, Straußenfedern für Hüte und vieles mehr.

### Hier spielte die Musik

Sogar Kaiser und Könige besuchten das KaDeWe. Neben Friseur, Bank, Reisebüro, Bibliothek, Fotoatelier und Theaterkasse fanden sie in 120 Abteilungen viele kleine Fachgeschäfte. Sie waren prächtig ausgestattet, manche Wände waren mit Seide bespannt oder edlen Hölzern vertäfelt. Und die Damen hatten extra Anprobezimmer. Wer sich erfrischen wollte, ging in den Teesalon, in dem eine Musikkapelle spielte.

Die Rollschuhe passen Marcella. »Die sind ja flott«, begeistert sie sich, doch erst draußen vor dem Kaufhaus merkt sie, dass sie an eines nicht gedacht hat: Wohin mit ihrem kleinen Freund, auf ihren Fußspitzen kann er ja nicht Platz nehmen? »Ich sitze oben«, ruft die Katze und macht es sich auf Marcellas Schultern bequem. »Komm, wir fahren zum Winterfeldtmarkt«, ruft das Mädchen, »da ist immer was los!«. Und schon saust sie los, in Höchstgeschwindigkeit, so schnell wie ein gestreifter Blitz.

### Volles Rohr

Das KaDeWe hatte ein brandneues Kassensystem. Es gab 154 Kassen, die mit einer Zentralkasse im Erdgeschoss vernetzt waren. Dafür wurden insgesamt 18 Kilometer Rohre verlegt. Ab jetzt ging das Bezahlen schnell: Der Kunde gab das Geld der Verkäuferin. Die Verkäuferin packte das Geld mit dem Kassenzettel in eine kleine Box und schickte diese per Rohrleitung zur Zentralkasse. Dort wurde die Box geöffnet, das Geld kassiert und das Wechselgeld samt Beleg wieder zurückgeschickt.

### 1890 • Vor den Toren der Stadt

Der Winterfeldtplatz liegt im Stadtteil Schöneberg. Er wurde als Marktplatz angelegt, als Schöneberg noch nicht zu Großberlin gehörte. Anfangs verkauften hier nur Bauern aus der Umgebung ihr Gemüse. Dass heute Händler aus aller Welt kommen – wer hätte das gedacht?

Bio Möhren
Freiland Eier
roter Rettich

Frische Milch

# SCHLARAFFENLAND

Als sie den Winterfeldtmarkt erreichen, ist alles aufgebaut: die Schirme zusammengeklappt, die Marktbuden verriegelt, und die Händler sitzen in ihren Lieferwägen und drehen Däumchen. Wie bitte? Alles Quatsch, natürlich ist genau das Gegenteil der Fall!

Auf dem Winterfeldtplatz herrscht ein so buntes Treiben, dass man keinen Pflasterstein am Boden mehr ausmachen kann. Die Verkaufsbuden drängen sich dicht an dicht, die Ladentische biegen sich förmlich unter den schönsten Waren, und die Verkäufer rufen um die Wette nach ihren Kunden. »Lecker, lecker, lecker«, hallt es von links nach rechts über den Markt. Und von rechts nach links: »Dreißig Röschen für 'nen Fünfer!« Einzig der hoch aufragende rote Backsteinbau der Kirche bewahrt Ruhe, sofern er sich mit seinem Glockengeläut nicht in die Gespräche einmischt.

Marcella und die Katze tauchen ein in die Gassen, schieben sich vorbei an frischem Gemüse und Obst, Brot und Kuchen, Käse und Wurst, Blumen und Honig. Das Wasser läuft ihnen im Mund zusammen. Hier wird frischer Saft gepresst, dort dampfen die Kessel. Kein Wunder, dass Hinz und Kunz hierher eilen, um zu kosten, was Italiener und Griechen, Türken und Einheimische – alles Berliner – an wunderbaren Rezepten mitgebracht haben.

### 1707 – 1757 • Des Königs General

Hans Karl Winterfeldt hat dem Platz und dem heutigen Markt seinen Namen gegeben. Als General zog er in viele Kriege und war ein enger Freund des Königs.

### 1712 – 1786 • Der Kartoffelkönig

Siehst du den Stand mit den Kartoffeln? Ursprünglich stammen sie aus Südamerika. König Friedrich der Große, der Freund von General Winterfeldt, machte sie bei uns bekannt. Er ließ sie anbauen, um die vielen Menschen zu ernähren, die vom Hunger bedroht waren. Dass man sie nicht roh isst, haben sie irgendwann auch gelernt …

### 1900 • Das richtige Maß

Auf dem Marktplatz stand in einem Waagenhaus die Ratswaage. Sie war etwas Besonderes und für Händler und Kunden wichtig. Wer hier Ware abwog, konnte sichergehen, dass richtig gemessen wurde, denn die Gewichte waren geeicht.

»Habt ihr auch schon den Markt entdeckt?«, fragt die Katze ein paar Katzenkollegen, die sich um den Fischstand tummeln, in der Hoffnung – oder vielmehr aus Erfahrung –, dass hier der ein oder andere Leckerbissen abfällt. »Ja klar, hier gibt es die besten Fischköpfe der Stadt«, antwortet ein ausgewachsener Straßenkater, der sich als Anführer der Katzentruppe entpuppt. »Du kannst schon mal weiterziehen!«, ruft die Katze Marcella zu, »ich komme gleich nach!«. Doch ihr Plan geht nicht auf: Sie findet Marcella nicht. Und Marcella wiederum findet die Katze nicht. Oder doch? Ist es nicht ihre Katze, die sich da drüben in Richtung Nollendorfplatz aufmacht? Sie folgt ihr so schnell sie kann, bis sie auf einmal vor einer Treppe steht. Marcella zieht ihre Rollschuhe aus, eilt hinab und steht an einem Bahnsteig. Ganz vorne am Gleis entdeckt sie die Katze, ruft nach ihr, doch nicht laut genug, um die U-Bahn zu übertönen, die gerade einfährt.

✳

### Ab 1919 und 1929 • Löwe und Dickkopf

In der großen Backsteinkirche Sankt Matthias predigten zwei mutige Pfarrer: Clemens August Graf von Galen, der künftige Bischof von Münster, und Albert Coppenrath. Weil sie später im »Dritten Reich« unerschrocken ihre Meinung sagten, erhielten sie die Beinamen »Der Löwe von Münster« und »Der Dickkopf vom Winterfeldtplatz«.

# LINIE 1

Gerade noch rechtzeitig, bevor die Türen schließen, springt Marcella in den letzten Waggon. »Die Katze muss vorne eingestiegen sein«, denkt sie sich und macht sich auf den Weg von einem Zugabteil ins andere. Die kommenden Stationen nutzt sie, um die einzelnen Waggons zu wechseln. Längst ist der Zug aus dem Untergrund aufgetaucht und fährt auf der Hochtrasse entlang. Zu beiden Seiten sind die Straßenzüge eng bebaut, ein kunterbunter Häusermix, so vielfältig wie die Menschen, die hier leben. »Das muss Kreuzberg sein«, denkt Marcella, während sie durch das Fenster nach draußen schaut.
Als sie endlich im vordersten Wagenabteil ankommt, atmet Marcella auf. Gleich hinterm Fahrerhaus sieht sie zwei kleine Ohren aufragen – zwei weiße Öhrchen, die aufmerksam nach vorne gerichtet sind. »Katze«, sagt sie völlig außer Puste, als sie bei ihr ist, »habe ich ein Glück, dass ich dich wiederhabe!«. »Marcella, ich habe dich so vermisst«, sagt die Katze, springt ihr auf den Arm und schmiegt sich fest an sie.

### Ab 1896 • Eine eigene Stadt

Um eine Hochbahn zu bauen, braucht man tausend Hände. Einmal, um die vielen Viadukte zusammenzunieten, auf denen die Bahnen noch heute fahren. Aber auch die Architekten waren wichtig. Denn sie entwarfen für uns die schönen Bahnhöfe, die an alte Stadttore erinnern.

»Sieh mal, die Fensterscheiben unserer Bahn, da sind ja Pferde drauf«, stellt die Katze fest. »Sie reiten auf einem Gebäude«, sagt Marcella. »Das ist das Brandenburger Tor«, mischt sich der Herr ein, der ihnen gegenüber sitzt. »So weit ist es gar nicht weg von hier, zweimal umsteigen und ihr seid am Pariser Platz!«

### 1902 • U oder H?

Charlottenburg war reicher als der Stadtteil Kreuzberg, es konnte sich eine U-Bahn, also eine Streckenführung im Untergrund, leisten. Die Hochbahn jedoch hatte den Vorzug, dass man im Regen unter ihr herspazieren konnte, ohne nass zu werden. Darum wurde sie auch »Regenschirm« genannt.

### Ein nobler Regenschirm

Die Hochbahn konnten sich nur wohlhabende Berliner leisten. Für die einfachen Arbeiter war der Fahrpreis zu teuer, sie gingen weiterhin zu Fuß, fuhren mit dem Fahrrad oder nahmen die billigeren Busse.

### 1920 • Für uns alle

Erst als die Preise vereinheitlicht wurden, entwickelte sich die Hochbahn zu einem Verkehrsmittel für alle. Wer will sie sich jetzt noch wegdenken?

Pariser
Platz

TAXI
100

# FRAU KUTSCHER

Marcella und die Katze steigen am Warschauer Platz in die S-Bahn um und gelangen schließlich zur Station Brandenburger Tor. In einem sanften Grünton, einem Lindgrün, ist der Bahnhof gefliest, das ist kein Zufall, denn von hier geht die Straße »Unter den Linden« ab. Als sie an die Oberfläche kommen, sehen sie es schon: das mächtige Brandenburger Tor. Oben auf dem Tor galoppieren vier Pferde, die von einer Pferdelenkerin angetrieben werden. »Meinst du, die Frau hat sich verletzt?«, fragt die Katze Marcella. »Wie kommst du denn darauf?«, Marcella versteht nicht, was die Katze damit meint. »Ich frage mich, warum die Frau mit dem Pferdewagen fährt, wenn sie doch fliegen kann?«, erklärt die Katze. Marcella fällt es wie Schuppen von den Augen: »Ja klar, eigentlich hat sie ja Flügel!« »Ein Vogel würde auch nicht auf die Idee kommen, sich Pferde vorzuspannen«, meint die Katze. »Aber vielleicht ist die Standarte, die sie in der Hand hält, zu schwer. So ein Riesenadler muss erstmal geschleppt werden«, gibt Marcella zu bedenken. »Also, wenn ich mir ein Fahrzeug aussuchen könnte, wäre das ein Doppeldeckerbus wie der da hinten mit der Nummer 100 drauf«, sagt die Katze und deutet durch das Tor hindurch auf den Verkehr. »Noch cooler finde ich die Rikscha«, entgegnet Marcella, »die gibt mehr das Gefühl von Lümmelsofa«.

### Zollstation

Das Tor wurde gut bewacht und nachts mit Holztoren verriegelt. Bürger, die Gemüse oder andere Waren einführten, wurden zur Kasse gebeten: Sie mussten Zölle bezahlen.

### 1730er Jahre • Das Tor der Tore

Das Brandenburger Tor war eines von 18 Stadttoren Berlins, und es ist das einzige, das noch erhalten ist. Die anderen 17 Tore wurden abgerissen. Wie sie hießen? Schau auf den U-Bahn-Plan – die Namen einiger Stationen verraten es dir.

### 1793 • Beflügelt

Das Flügelwesen mit dem Pferdegespann, der Quadriga, wurde ursprünglich als Friedensgöttin aufgestellt. Doch je öfter es dem König gelang, seine Feinde zu besiegen, desto mehr wurde sie als Siegesgöttin gefeiert. Schließlich erhielt sie in die Hand ein Siegeszeichen: einen Stab mit Eisernem Kreuz und Eichenkranz, den ein Adler krönt. Aber egal ob »Eirene«, wie die Friedensbringerin heißt, oder »Victoria«, die Siegesgöttin – die Berliner nennen sie »Frau Kutscher«!

### Des Königs Glanz

Häufig passierte der König das Brandenburger Tor, weil es auf dem Weg zu seinem Jagdrevier lag. Die Durchfahrt war genau geregelt: Während die breite Öffnung in der Mitte den königlichen Kutschen vorbehalten war, benutzten die anderen Wagen und Reiter die seitlichen Durchlässe. Nur Fußgänger hatten freie Wahl.

»Wollen wir eine Runde mitflitzen?«, fragt die Katze, als sie durch das Tor gelaufen sind und an der Straße stehen. »Ich wieder oben auf deinen Schultern?« Da bleibt Marcella wie versteinert stehen. »Was hast du?«, fragt die Katze besorgt. »Meine Rollschuhe«, stammelt Marcella und schaut betreten auf ihre Füße, »ich muss sie irgendwo stehen gelassen haben«. »Dann nehmen wir halt den Roller«, schlägt die Katze vor. »Den vermisse ich ja genauso«, entgegnet Marcella und wischt sich eine Träne ab, »auch meine Pantoffeln haben wir verloren«. »Kein Ding«, tröstet die Katze das Mädchen. »Dann gehen wir halt dahin, wo der Verkehr weniger tobt. Wie sieht es denn damit aus?«, fragt sie und zeigt rüber zum Fluss: »Siehst du da drüben die Schiffe auf der Spree?« »Eine Schiffahrt, wie toll, das habe ich mir schon immer gewünscht!«, freut sich Marcella und hüpft in die Luft.

### 1806 • Der Pferdedieb

Einmal belagerte Kaiser Napoleon Berlin. Seine Trophäe? Er entführte das Wagengespann nach Paris. Nach sieben Jahren kehrte es zurück, der Spottname des Franzosen aber blieb: »Napoleon, der Pferdedieb!«

### 1873 • Goldelse

Noch eine Siegesgöttin, findest du sie? Sie steht auf einer 69 Meter hohen Säule und blickt über die Stadt. Ihr Spitzname »Goldelse« verrät es: Sie ist mit purem Gold überzogen.

### 1x Doppeldecker fahren

Siehst du den gelben Stadtbus mit der Nummer 100? Das ist die Buslinie, die den Zoo mit dem KaDeWe, dem Brandenburger Tor und der Museumsinsel verbindet. Dafür reicht ein ganz normaler Fahrschein.

BAR

# EINE SCHIFFFAHRT, DIE IST LUSTIG

✳ So ein Dampfer tutet immer wieder: Einmal lang tuten bedeutet »jetzt geht's vorwärts«, dreimal kurz heißt »jetzt geht's rückwärts«. Auf die roten und grünen Lichter, Steuerbord und Backbord, wollen wir gar nicht näher eingehen, denn hier wird die Seemannssprache kniffeliger. Interessant ist vielleicht der Rettungsring vorne am Bug, aber zum Glück lehnen sich weder Marcella noch die Katze so sehr über die Reling, dass wir uns Gedanken machen müssen. Vielmehr lauschen sie der Stimme aus dem Mikrofon, die nun, passend zu den Bauwerken am Ufer, ihre Informationen gibt: Regierungsgebäude und Ämter, wichtige Bauten für wichtige Leute, die Berlin zu der Hauptstadt machen, die sie ist.

✳

### Die nasse Berlinerin

Die Spree entspringt drei Quellen, langsam fließt sie dahin. Insgesamt misst sie 400 Kilometer, davon ist sie 44 Kilometer lang Berlinerin.

### 1882 • Ein tiefes Bett

Damit Schiffe die Spree befahren konnten, musste das Flussbett ausgebaut werden. Das ließ man sich bezahlen: Jedes vorbeifahrende Schiff wurde abkassiert.

✳

### Nachtschwärmer

Wer zu spät mit dem Schiff unterwegs war, musste bis zum nächsten Tag warten, denn nachts war die Spree abgeriegelt: mit einem schwimmenden Baumstamm wie dem Oberbaum, nach dem die Oberbaumbrücke benannt ist.

### Ab 1824 • Die Welt zuhause

Die Spreeinsel war einst Heimat von Fischern, auch der König baute dort sein Schloss. Heute sind hier die Pharaonen, Griechen, Römer und Byzantiner zuhause: In den großen Museen finden wir ihre Schätze, die auch Ernst Ludwig gesehen hat.

## Ab 1904 • Bunte Geschichten

Siehst du den Malerkittel von Ernst Ludwig? Die vielen bunten Kleckse darauf haben ganz unterschiedliche Formen, jeder von ihnen erzählt eine eigene Geschichte. Ein blauer Tupfen sieht aus wie ein Hut mit buschigen Federn. Ein grüner wie ein Eisenbahnwaggon. Was hat er noch gemalt?

✳

Dazu zählen auch die Museen, an denen Marcella und die Katze gerade vorbeischippern. Rechts tummeln sich gleich mehrere dieser Bauten auf einer Insel, während links der Bär steppt: So sagt man, wenn sich viele Leute mit ausgesprochen guter Laune versammeln, wie hier auf einer Tanzfläche Hüften und Beine schwingen, an Verkaufsbuden kühle Getränke und heiße Flammkuchen holen und sich an Tischen, auf der Treppe oder in Liegestühlen niederlassen. »Ernst Ludwig«, brüllt Marcella auf einmal so laut, dass es der Katze in die Glieder fährt. Tatsächlich, da sitzt der Maler mit seinem Malerfreund Max oben auf den Stufen, und beide lassen es sich gut gehen.

»He, ihr Fellträger«, begrüßen die Freunde Marcella und ihren kleinen Gefährten, die gleich an der nächsten Haltestelle von Bord gegangen waren. »Tragt ihr eigentlich immer eure Malerkittel?«, kontert Marcella und faucht dabei wie eine Wildkatze. »Das sind unsere Spezialmäntel, sie schützen uns in allen Lebenslagen«, erwidert Ernst Ludwig.
Die vielen Farbkleckse darauf erzählen die Geschichten der Bilder, die er und Max gemalt haben. Denn tagelang standen sie gemeinsam mit ihren Pinseln oder Zeichenstiften draußen im Freien, nächtelang drinnen im Atelier. »Zusammen sind wir wie eine Brücke«, sagt Ernst Ludwig und deutet über die Spree zunächst auf die Museumsinsel. »Wir verlassen das Ufer dort mit den alten Gebäuden, bauen einen Weg über den Fluss und betreten auf der anderen Seite Neuland. Hier malen wir Bilder, wie es sie in den ganzen Museen da drüben noch nicht gibt. Darum haben wir Freunde uns auch einen Künstlernamen gegeben: Wir nennen uns ›Brücke‹.« »Und ihr seid mitten in Berlin unterwegs?«, fragt Marcella. »Ja, überall in Berlin. In seinen Straßen, auf den Plätzen – und an den Seen.« »Meinst du den Wannsee?«, fragt Marcella. »Zum Beispiel, da gibt es wunderschöne Segelschiffe«, erwidert Ernst Ludwig, »und baden kann man auch. Gerade, wenn es so heiß ist wie heute – kommt ihr mit?«.

GESUCHT
entflogen
CHARL

# TIGERHAI & KATZENFISCH

Am Wannsee ist der Teufel los. Klein und Groß, Badenixen und Matrosen, alle sind am Strand oder im Wasser unterwegs, spritzen und planschen, was das Zeug hält. Hier die Luftmatratzen, dort die Schwimmringe, am Ufer aalen sich die Leute in der Sonne, um im nächsten Moment ins kühle Nass zu hüpfen und sich zu erfrischen. Alle haben ihren Spaß, nur einer fehlt: Max, der Malerkumpel. Er musste zurück ins Atelier, in das Hinterhaus, wo Ernst Ludwig und er Tür an Tür wohnen, arbeiten und sich gegenseitig besuchen. Schade für ihn, denn es würde ihm hier gefallen, allem voran der Strandkorb, den Ernst Ludwig ergattert hat, auch wenn er nicht quer geringelt ist wie Marcellas Kleid, dafür aber längs gestreift.

Kaum haben Marcella und die Katze den See erblickt, schon laufen sie ins Wasser. Und sie kehren erst wieder ans Ufer zurück, als sie vor Kälte schnattern und Marcellas Lippen so blau sind wie ihre Strümpfe, die sie jetzt auszieht. »He«, beschwert sich die Katze, »du schnalzt mir ja deine Socken ins Gesicht!«. »Ich bekomme sie fast nicht von den Füßen runter, weil sie so nass sind«, entschuldigt sich Marcella und zupft den letzten Zipfel Stoff von ihren Zehen. Barfuß laufen die beiden durch den warmen Sand, kundschaften die Umgebung aus und werden sich schnell einig, dass sie diesen Ort nie mehr verlassen wollen. Denn: Erstens dürfen sie die Taucherbrille vom kleinen Hans ausleihen, der Erfahrung mit großen Schwestern hat und ihnen (noch) vertraut. Zweitens werden sie auf eine Schaukelpartie in eine Hängematte eingeladen, aus der niemand freiwillig aussteigt. Und drittens ... dazu soll es nicht mehr kommen, denn just in diesem Moment erscheint Ernst Ludwig mit Eiswaffeln in beiden Händen.

### 1906 • Baden verboten

Zu Fuß, auf dem Fahrrad oder hoch zu Ross waren Polizisten unterwegs, wenn sie den Wannsee umrundeten. Um all diejenigen aufzuschreiben, die badeten, denn das war noch nicht erlaubt.

### 1907 • Freibad Berlin

Der Versicherungsbeamte Rudolf Hensel wollte gern im Wannsee baden. Und viele andere auch. Deshalb sammelten sie so viele Unterschriften, bis die Regierung Potsdam den Wannsee zum Baden freigab.

## Zaungäste

Um die vielen Schaulustigen fernzuhalten, wurden Maschendrahtzäune errichtet und sechs große Umkleidezelte aufgestellt. In jedem dieser Zelte hatten 200 Personen Platz, um sich in Ruhe umzuziehen.

## Unterwasserwelt

Marcella taucht. Geht hier alles mit rechten Dingen zu? Welche Tiere gibt es im Wannsee und welche nicht?

Erdbeer, Vanille, Schokolade – drei Eiskugeln für jeden, und das in der prallen Sonne. Die Hängematte nicht vollzukleckern, dafür gibt es nur einen Ausweg: Sie müssen das Eis schneller schlecken als es schmilzt. »Sonne, Strand, Wasser, und das mitten in Berlin – fehlen nur noch Palmen!«, witzelt die Katze. »Nichts leichter als das«, ruft Ernst Ludwig, »Palmen gibt es im Großstadtdschungel zuhauf. Packt eure Sachen, wir fahren in den Botanischen Garten!«. »Welche Sachen?«, wundert sich die Katze. »Hast du meine Strümpfe gesehen?«, flüstert Marcella.

## Bis zum Knie

Die Badenden durften aber nicht anziehen, was sie wollten. Die Badekleidung war genau vorgeschrieben. Die Herren durften keine dreieckige Badehose tragen, sondern mussten zumindest die Hälfte der Oberschenkel bedecken, die Frauen kleideten sich in einen Anzug, der die Schultern verhüllte und bis zum Knie reichte.

## 1951 • Pack die Badehose ein

Das berühmteste Lied über den Wannsee hat Conny Froboess gesungen. Das ist zwar 60 Jahre her, aber es hat sich nichts geändert, also: »Pack die Badehose ein, nimm dein kleines Schwesterlein, und dann nüscht wie raus nach Wannsee!«

Dracula
venosa

Warzige Monstera
Mäuse-dorn

# IM GROSSSTADT-DSCHUNGEL

So einen Wildwuchs wie hier haben Marcella und die Katze bisher noch nicht erlebt. An ein Wunder grenzen allein schon die Palmen, die haushoch sind und das große Gewächshaus bis unters Dach füllen. Es gibt aber auch Pflanzen, die aus anderen Pflanzen herauswachsen, als trügen sie sich Huckepack. Von oben oder von der Seite kitzeln einzelne Ranken Marcella im Gesicht, als sie den verschlungenen Pfaden durch das Labyrinth an Gewächshäusern folgt. Heiß ist es ihr, aber noch mehr als sie schwitzt die Katze unter ihrem Fell. »So heiß wie hier ist es im Regenwald jeden Tag«, sagt Ernst Ludwig. »So dampfig auch?«, fragt Marcella, als sie wieder einmal ein praller Wassertropfen von oben in den Nacken trifft.

Sie blickt durch die Blätter rauf zur Glaskuppel, wo sich die Feuchtigkeit sammelt. »Eine Seiltänzerin möchte ich jetzt sein«, wünscht sie sich, spreizt ihre Zehen, rollt ihre Füße ab und wippt vor und zurück auf die Fersen, um dann richtig Fahrt aufzunehmen und auf den Zehenspitzen zu laufen. »Denn dann kann ich die Welt von oben sehen und mit den Pflanzen tanzen!« »Oder mit ihnen spuken«, erwidert die Katze und liest die Namensschilder vor: »›Warzige Monstera‹ steht da und ›Dracula venosa‹. Oh, einen ›Mäusedorn‹ gibt es auch!«, meint sie zufrieden. »Das klingt ja gruselig, nach einer Geisterbahn«, findet Marcella. »So viele Namen, und jeder beginnt mit einem anderen Buchstaben. Komm, wir spuken uns durchs ABC«, schlägt sie vor und nimmt ihren Freund bei der Pfote.

✳

### 1679 • Obst, Blumenkohl und Sellerie

Friedrich Wilhelm, der Große Kurfürst, liebte Pflanzen. Er sammelte so viele Küchenpflanzen und exotische Gewächse, dass der Lustgarten des Berliner Stadtschlosses aus allen Nähten platzte. Ein Botanischer Garten wurde gegründet, alle Pflanzen zogen um.

### 1826 • Eintritt frei

Mittwochs war der Eintritt für die Landbevölkerung frei. Das nutzten viele Menschen. Denn so erfuhren sie, wie man Kräuterbeete anlegt, Apfelbäume zieht und Sonnenblumen hegt – bald auch im eigenen Garten.

Mit Armen und Beinen, Pfoten und notfalls auch Katzenschwanz formen sie einen Buchstaben nach dem anderen. Erst ein M wie Marcella, dann ein K wie Katze und schließlich ein B wie Botanischer Garten. »Oder ein B wie Brücke-Museum«, sagt eine Frau, die gerade um die Ecke biegt. »Das ist Magdalena M. Moeller«, stellt Ernst Ludwig die Dame vor. »Sie ist eine große Freundin der Blumen und die Direktorin des Brücke-Museums. Gerade erst hat sie ein Bild von mir gekauft!« »Welches Bild?«, erkundigt sich Marcella. »Was ist das Brücke-Museum?«, will die Katze wissen. »Ich kann es euch zeigen«, sagt die Direktorin, »es ist nur einen Katzensprung entfernt!«.

### 1899 • Gerangel um Luft und Sonne

Wieder war der Botanische Garten zu klein, ein neuer wurde in Berlin-Dahlem gegründet. Einige Pflanzen, die damals mit umgezogen sind, findest du heute noch – die ältesten sind 150 Jahre alt.

### 1905 • Unglaublich

Stolze 25 Meter ist das große Tropenhaus hoch. Und das Glasdach wird nicht gestützt! Damit ist es das größte freitragende Gewächshaus der Welt.

### Vogellied und Froschkonzert

Nicht nur Pflanzen gibt es im Botanischen Garten, sondern auch allerlei Getier: Vögel, Kröten, Fledermäuse und Wildbienen.

# AM BUSSARDSTEIG

»Marcella, schau!«, sagt die Katze, als sie nach rechts in eine Straße einbiegen und Kurs nehmen auf ein flachgedecktes Haus im Grünen. Tatsächlich. Auch Marcellas Blick fällt auf den Eingang, der mittlerweile von der Abendsonne beschienen ist. Das Mädchen kann sein Glück kaum fassen. Denn da sind sie alle, fein säuberlich aufgereiht: ein Paar blauschwarze Strümpfe, die nicht mehr nass, sondern trocken sind. Ein Paar Rollschuhe, die so schnell sausen wie der Blitz. Ein Flitzeroller, feuerrot wie Marcellas Backen. Und ein Paar Pantoffeln mit leisen Sohlen.

»Ist das ein Fundbüro?«, fragt Marcella. »Eher eine Fundgrube«, erwidert Ernst Ludwig und kann sich das Lachen kaum verkneifen. »Tolle Dinge gibt es hier, und manchmal trifft man auf alte Bekannte!«

»Willkommen im Brücke-Museum«, begrüßt sie die Direktorin, als sie die Tür aufschließt. »Brücke?« wiederholt Marcella. »Das ist doch der Name, den ihr Malerfreunde euch gegeben habt? Weil ihr über die Brücke gegangen seid und etwas Neues malt, was es früher noch nie gab? Bilder, die das zeigen, was ihr fühlt, in leuchtend bunten Farben?« »Ja, das stimmt!«, sagt Ernst Ludwig. »Dieses Museum gibt es nur für uns und unsere Kunst. Sieh mal, was hier Neues hängt.«

Marcella verschlägt es die Sprache, denn sie kennt das Bild. Es ist ein Gemälde mit einem Mädchen, das mit einer Katze auf dem Sofa sitzt. Ihr Kleid hat gelbschwarze Ringel, die so leuchten wie ein Tigerfell am Tag, wenn es in der Sonne schimmert. Ihre Strümpfe sind auch gestreift, aber nicht hell, sondern dunkel – blauschwarz wie das Fell eines Tigers, der durch die Nacht schleicht. Und ihre roten Pantoffeln? Mit ihnen geht sie so leise wie auf Samtpfoten.

»Marcella, du siehst auf dem Bild so nachdenklich aus«, bemerkt die Direktorin. »An was hast du denn gedacht?«

✶ Vogelwild

»Bussardsteig 9«, liest die Katze am Klingelknopf ab. »Ein Bussard ist doch ein Raubvogel! Welch eine tolle Adresse hat das Brücke-Museum!«

BRÜCKE
MUSEUM
BERLIN

# IMPRESSUM

Klinkhardt & Biermann Verlag
Lentnerweg 14
D-81927 München
Tel. +49 (0) 89-93 93 37 56
info@klinkhardtundbiermann.de
www.klinkhardtundbiermann.de



Seite 2: Ernst Ludwig Kirchner, *Artistin – Marcella*, 1910, Öl auf Leinwand, Brücke-Museum Berlin, Foto: Roman März
Seite 10/11: Die Figuren von Minnie und Micky Maus © Disney


Die Deutsche Nationalbibliothek verzeichnet diese Publikation in der Deutschen Nationalbibliografie; detaillierte bibliografische Daten sind im Internet über www.dnb.de abrufbar.

IDEE
Magdalena M. Moeller, Berlin
PROJEKTLEITUNG
Büro Anne Funck, München
LEKTORAT
Gabriele Ebbecke, München
GESTALTUNG
Marion Blomeyer, München
HERSTELLUNG
Rainald Schwarz, München
LITHOGRAFIE
Reproline mediateam GmbH, München
DRUCK UND BINDUNG
Passavia Druckservice GmbH & Co. KG, Passau

PHILIP LOERSCH dankt CAROLINE DIETERICH für ihre vielen schönen und kreativen Ideen, die in die Wimmelbilder eingeflossen sind.

ISBN 978-3-943616-43-9
Printed in Germany